鼴鼠洞教室 3 冒險課

勇闖噴火龍地下岩洞

亞　平——著　李憶婷——繪

各界推薦

機智、溫暖又逗趣的故事×超級可愛的小鼴鼠×無限可能的鼴鼠洞教室，讓人迫不急待想和小鼴鼠一起，上！課！趣！

——**王宇清**（童話寫作者）

地底下的教室有什麼不一樣？鼴鼠都學什麼？怎麼學？亞平用一篇篇童話帶我們去旁聽，去體驗。準備好了嗎？鑽進被窩裡，跟著鼴鼠一塊去遊學吧！

——**林世仁**（兒童文學作家）

亞平老師的童話總是溫暖中帶有新意，內容濃濃善意又有創意，有什麼比這個更適合孩子閱讀呢？用《鼴鼠洞教室系列》一起進入小鼴鼠的學習教室吧！

——**林怡辰**（閱讀教育推手、資深國小教師）

小鼴鼠也要上課！他們上國語課、數學課、冒險課，會出現怎樣的課堂風景呢？以科目為主軸的學習現場令人好奇，趕快打開書本一探究竟吧。

——**林玫伶**（前臺北市國語實小校長、兒童文學作家）

亞平的童話有神奇的魔力，筆下的人物討喜，慧眼發掘新主題。這系列「科目童話」讓你感受到學習即生活；生活即學習。一切都那麼有趣！

——**花格子**（兒童文學作家）

小鼴鼠的課程真令人羨慕呀！實地觀察天敵「狐狸」，寫出令人驚豔的童詩；運用數學課學的「均分」，脫離貓咪的魔掌；更令人期待的是暑假的冒險課之旅……歡迎喜愛學習的小讀者，進入《鼴鼠洞教室系列》。

——**廖淑霞**（臺北市私立再興小學研究教師）

這套童話貼近孩子的心情，也讓我們跟著小鼴鼠在教室和大自然中探險，獲得勇氣，感受有情世界的溫暖與美好。

——**嚴淑女**（童書作家與插畫家協會臺灣分會會長）

歡迎來上課！

《鼴鼠洞教室系列》最早是來自《超馬童話大冒險》的八篇童話結集，當初寫完這八篇故事後，意猶未盡，趁隙又多寫了「關於〈狐狸〉這首詩」和「一定要公平」這兩篇；寫完後，又覺得小鼴鼠的暑假小旅行沒有交代也不好，於是又花了近一年的時間，寫了第三集的三個冒險旅行故事。當鍵下最後一個字時，心情瞬間激動不已，這系列的寫作時間很長，將近四年，能夠順利結束，並且換上嶄新的面貌和讀者見面，真是我個人創作上一件值得紀念的事啊。

這個系列最大的特色是「科目童話」的完成。

忝為三十年資歷的國小教師，多年前，我一直很希望能用「童話故事」，來幫硬梆梆的學校課程加點趣味，於是「科目童話」的想法隱然成形。只是，這想法立意雖好，下筆卻很難，幾年來一直停留在「只聞樓梯響」的階段。剛好，字畝出版社來邀約《超馬童話大冒險》，腦子靈光一閃，就這麼寫上了。

十篇故事，十間教室，八種不同的科目，用地下虛擬的鼴鼠洞教室，來對應地上的真實學校課程。真假虛實，有想像，有哲理，有趣味也有嚴肅，希望小朋友讀了之後，能對學校的課程更加充滿興趣。

這之中最難寫的科目，是國語科和數學科。

國語科是因為可以寫入童話的素材太多了，很難抉擇——最後，我選擇用「童詩」來切入，希望藉由童詩的自由奔放和生活性，讓小讀者喜歡童詩、不畏懼寫詩。而數學科是不知要寫什麼好，因為很多概念都很難用童話表現——

最後，綜合我的教學經驗，選出了「分與合」這個單元下去創作。「分」有「減法、除法」的概念，「合」有「加法、乘法」的概念，對低年級的部分小朋友而言，可能有些抽象，但它卻是一個實用的單元，希望小朋友在看完故事，哈哈大笑之餘，也能對學習數學興致高昂。

關於第三集的旅行冒險故事，則是另一項嘗試。旅行冒險故事一向很受大小讀者的歡迎，但是用童話表現的旅行冒險故事，在國內並不多見。之前，看了劉克襄老師的作品《豆鼠回家》、《風鳥皮諾查》，非常喜歡，於是起意創作。剛巧趁著三隻小鼴鼠的小旅行，我設計了三條不同型態的旅遊路線：一條往河裡走，一條往森林去，另一條則是去地下展開大冒險。三種不同的地貌，三種不同的旅行目的，和三套不同的情節發展，希望能讓小讀者對「旅行」有更多的想像——「收穫」永遠不止在課堂內。

多年創作童話，我寫了不少動物：狐狸、貓、老虎、小豬、刺蝟都有，但最情有獨鍾的，還是鼴鼠。從二〇一一年的《鼴鼠婆婆的解藥》開始，也不知為什麼，只要沒有靈感時，寫鼴鼠就對了，好像鼴鼠的地洞是個靈感大寶庫似的；在我其他系列作裡，也可以看到鼴鼠的身影。謝謝這些可愛的小鼴鼠，豐富了我的想像，讓我創造出了一個又一個的故事。如今，鼴鼠洞教室正式上課啦，我也功成身退，卸下作者身分，現在只能當個兼職幫忙的愛心媽媽了。

但願所有的小讀者都喜歡鼴鼠洞教室的課程，有事沒事，歡迎來上課！

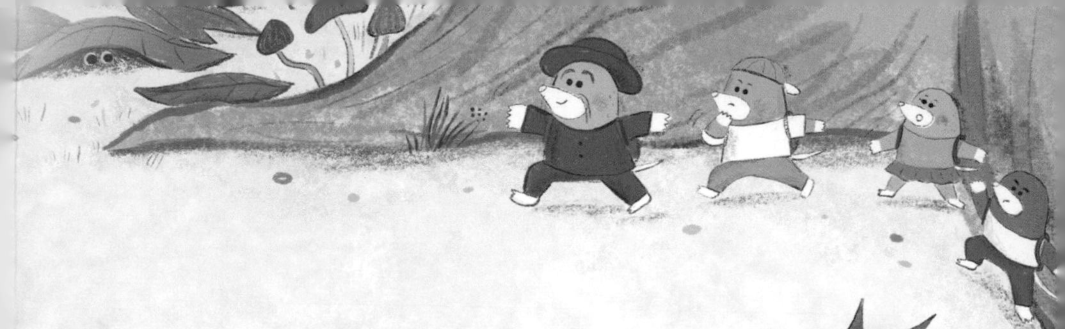

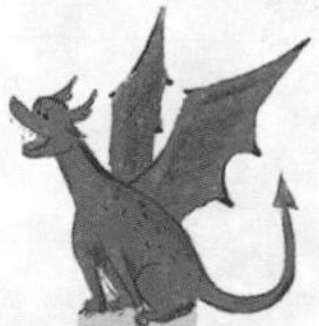

目次

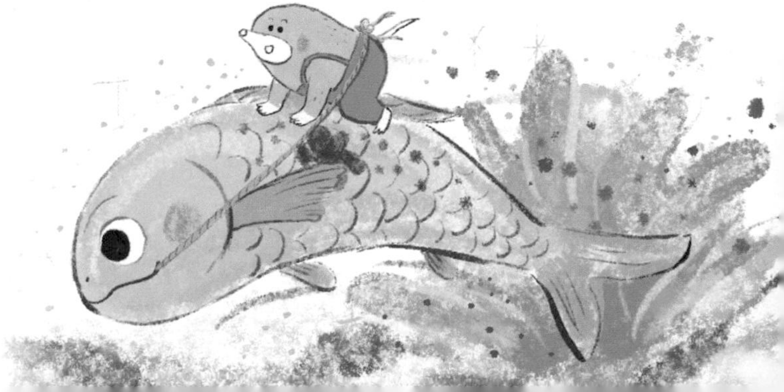

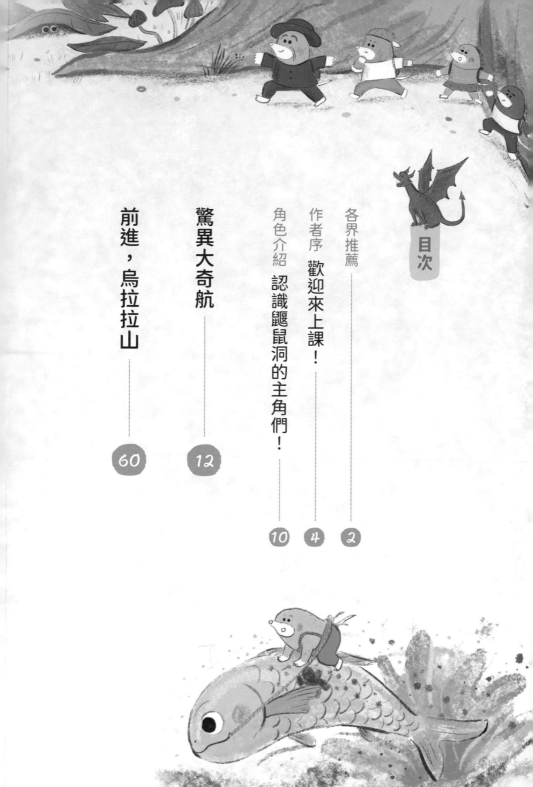

勇闖噴火龍地下岩洞

認識鼴鼠洞的主角們！

——角色介紹——

阿力

就讀鼴鼠學校四年級，是一隻活潑開朗、有好奇心、富冒險精神的小鼴鼠，最喜歡鑽洞課和數學課。

阿發

最乖巧聽話的小鼴鼠，上課認真聽講，作業永遠最早交，課表上的每一堂課都喜歡。

阿胖

膽小愛哭，永遠都在喊肚子餓，一想到上課就想嘆氣，出去玩就很開心。和阿力、阿發是同班同學兼死黨好朋友。

驚異大奇航

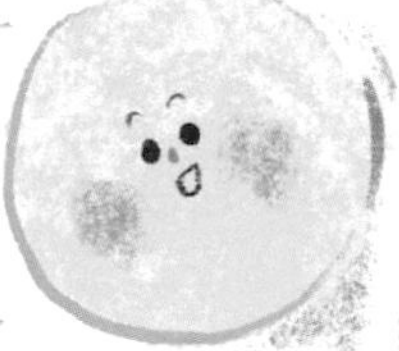

西巴巴島

小旅行團

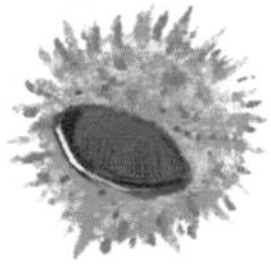

行程表

目的地 西巴巴島

成員 大山、阿胖等，
共 10 隻小鼴鼠

交通方式 坐船、走路

預計天數 4 天

特色行程 美味鹽栗子 ×
西巴巴島 2 日遊

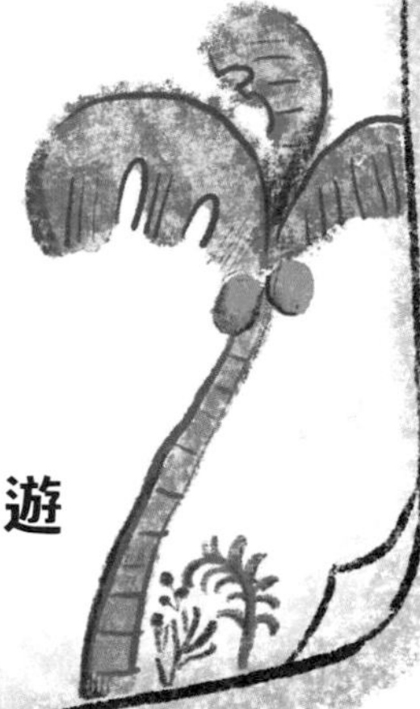

河狸小金8號

清晨，天才矇矇亮，地洞裡的10號出口響起了一陣吵鬧聲，西巴巴島旅行團的所有小鼴鼠，全員到齊了。

他們揉著惺忪的眼睛，努力打起精神，聽著鑽老師下達指令：

「上草原後，右轉，再跑到野莓叢下！聽清楚了嗎？」鑽老師大聲說著，十隻小鼴鼠點點頭。

「然後，坐上小金8號，小金8號會帶你們到西巴巴島去。」

十隻小鼴鼠又點點頭。旅行即將展開，他們眼睛張得大大的，

小手把後背包抓得緊緊的，誰也不敢出一丁點兒差錯。

「現在草原上安靜無聲——好，出發，動作快！」

老師一聲令下，十隻小鼴鼠探出頭，迅速往河岸邊移動。

朝陽照射下，十隻小小的鼠影，像十顆小小的金色棋子，在草原上悄悄前進。

悄悄的，一切都得悄悄的。如果不小心被狐狸、野貓看見，這趟旅行就得馬上結束——所有的夢想啦、自由啦、冒險啦，瞬間消失無蹤。

五分鐘後，十隻小鼴鼠躲進了野莓叢裡，十分順利。

接下來就是等待「河狸小金8號」的到來了，所有的小鼴鼠都先鬆了一口氣。

依照約定，小金8號會停泊在野莓叢附近的河彎口，然後，帶走十隻小鼴鼠，前往西巴巴島。這是鼴鼠校長事先幫他們預定好的交通工具。

不過，河狸小金8號長什麼樣子呢？沒有一隻小鼴鼠清楚。有的說，像一艘豪華大船；有的說，像一艘獨木舟；更有的說，像一棟會移動的房子。不管是哪一種，只要小金8號來了，他們一定要趕快上船——不坐船，根本到不了西巴巴島啊！

現在，十隻小鼴鼠，二十隻眼睛，焦急的在河彎口張望。

太陽愈升愈高，風撲撲簌簌的吹著，是西南風，再吹下去，狐狸馬上會聞到他們的味道，只要被發現，必死無疑。

一根樹枝漂過來了。不是。

一段藤蔓漂過來了。不是。

一朵正在腐敗的大花漂過來了，上面還有一群蚊蠅。也不是。

然後，一個更奇怪的東西漂過來了——是八根樹幹拼成的一個大型木筏，筏中有一根桅杆，杆上還揚著一面帆。

小鼴鼠全都站起來了。

「嘿呦，嘿呦，這裡是河狸小金8號！」

「小鼴鼠在哪裡啊？快，快上來吧！」

「嘿呦，嘿呦，乘風破浪的河狸小金8號！」

緊張刺激的順流而下

河狸小金愛做船。

他總共做過七艘船，分別是小金1號、小金2號、小金3

號……以此類推。

所以，這是他的第8號船：小金8號。

「請問，以前的七艘船都到哪裡去了？」鼴鼠大山問。

「壞掉啦、被浪打沉了、撞到岸邊變成稀巴爛，或是直接在河上解體散開，當場把船上的乘客嚇壞了！哈哈！」

小金說得好像摘下一片葉子那麼容易，卻讓十位乘客不自覺的發起抖來。

「別怕，別怕。我的船愈做愈好，為了你們這群特別的乘客，我還在船上加裝了十支把手，保護你們的安全！」小金說的是船上

凸出來的幾支把手。

「現在，把把手抓緊了，接下來是**下坡河段**，好戲要上場囉！」

小金一說完，所有的鼴鼠都緊緊的抓著把手不放。

河流依著山勢蜿蜒而下，是一個非常明顯的下坡；河中央，疊疊的岩石錯落著，像一座座山丘。小金8號在岩石間巧妙的航行，如果沒有拿捏好距離，迎面撞上，可是船毀鼠亡啊。

小金熟練的擺弄著他的槳，一下子向左，一下子向右，一下子絆著石頭不放，一下子又急速下衝……十隻鼴鼠頭暈腦脹，完全搞不清楚方向，有時像在空中飛行，有時像在水裡潛行。他們嚇到抓

著把手大叫，叫得嗓子啞了，握得手都破皮了，完全沒想過「坐船」是一件這麼緊張可怕的事。

現在，船平安渡過下坡河段，靜靜泊在一處平靜的水灣休息。

小金說他累了，需要休息一下。

十隻小鼴鼠也覺得累了，更想要休息一下。

阿胖把早上吃的早餐全部都吐光了，眼淚也快要流乾了。

他一直嚷著：「要回家，要回家！」不過，其他九隻鼠都知道，這是不可能的事。

「阿胖，忍耐點，就快要到西巴巴島了。」大山說。

「別哭嘛，這就是旅行，有辛苦的時候，也有快樂的時候啊！」小米說。

「想想鹽栗子，千萬不要放棄！」莉莉說。

阿胖嘆了一口氣，他也知道旅行辛苦，千萬不能放棄；不過，他從沒想過坐船這麼可怕，整個身體裡面像藏著一顆球似的團團轉，感覺十分難受。

「還要多久才會到西巴巴島？」阿胖問。

大山看了看太陽的位置，說：「大概一個時辰吧，鑽老師說，

只要船行順利，我們中午前就會到西巴巴島。」大山是這個旅行團的班長，大家都得聽他的話。

阿胖忍不住又滴了兩滴眼淚，他哽咽的說：「要不，我自己走回鼴鼠洞去吧。」

「這怎麼可以！」大山生氣了，他大聲說著：「團體旅行最忌諱單獨行動，我們十隻鼠出來，就要十隻鼠回去，少一隻都不行。」

「可是，可是——」阿胖本來還想說些什麼的，一看到大山嚴厲的眼神，硬是把話吞下去。

河狸小金招呼大家上了船。

「嘿呦，河狸小金8號開船了！上船了，上船了，乘風破浪，勇往直前！」

十隻鼠乖乖的又坐上船。

接下來的這段航程，出乎意料的平靜無波，小木筏在平緩的河流上慢慢前進，沿途風聲、水聲、鳥鳴聲不絕於耳。

一隻大魚從河裡躍上來，把大夥兒嚇得大叫；一隻雀鳥一飛而下，銜走一隻小魚，大夥兒嘖嘖稱奇；河水冷冽，河景壯闊，小鼴鼠終於感受到了一絲絲旅行的美好。

一個大轉彎，河流向右轉去，撞向一叢蘆葦叢。小金馬上拿起長槳，又推又撐，使勁轉向；推開了蘆葦叢，接下來又是一段急流，幾個碰撞後，小米突然大聲喊著：「阿胖呢？阿胖怎麼不見了？」

從天而降的大魚

這時候的阿胖正在河裡，深深的河裡。

在小金推槳的時候，阿胖因為分心鬆了手，一個倒栽蔥，就掉

進河裡去了；當時，大家都專心看著小金推槳，誰也沒注意到，等到發現不對時，什麼都來不及了。

阿胖在水裡一陣慌亂，他雙手亂抓、雙腳亂踢，想著：「完了，該不會就這樣死在河裡吧……」不過，冰冷的河水倒是讓阿胖的頭腦冷靜許多，他想起了行前訓練時鑽老師的話。

鑽老師說：「同學們，如果掉進水裡，千萬不要慌張。記住，把身體放輕鬆，慢慢的，

你會浮上來，再把頭伸出水面，保持呼吸，划動手腳，你會得救的。」

現在，阿胖照著鑽老師的話，不亂動，把身體放輕鬆——嘿，他的身體果然浮上來了。他吸了幾大口新鮮的空氣，四面張望，看到蘆葦叢後，想也沒多想，就往蘆葦叢游去。

花了一些功夫，阿胖終於爬上了蘆葦叢了。死裡逃生，阿胖鬆了一口氣，但還來不及開心的笑，他又哭了：

「嗚——只剩我一個，我該怎麼辦？

大山、小米、莉莉，你們在哪裡？

小金8號，會回來接我嗎？」

風吹颯颯，水流滔滔，天寬地闊，卻只剩阿胖一隻鼠。阿胖哭到眼淚都乾了，蘆葦叢裡還是一片寂靜。

肚子餓了，阿胖坐下來，拿出背包裡的果乾，開始吃起來。鑽老師的行前訓練還有兩句話，阿胖記得非常清楚：「**肚子餓時是想不出什麼好辦法的，一定要讓自己吃飽。**」

阿胖很聽話，他一定要照做。

吃了果乾，喝了水，現在，阿胖的頭腦果然清楚多了。他把腳

伸進河水裡，想著：「看起來我是會游泳的，不如，我就自己游到西巴巴島去，順流而下，也許一個鐘頭就到了。」

突然，一隻魚從河裡跳起來，砸到坐在岸邊的阿胖。

「哇，好痛！倒楣的時候，連坐在河邊都會被魚打到！」

一隻活蹦亂跳的魚，先砸到阿胖，然後掉落到蘆葦叢，在草叢中掙扎。

阿胖看到大魚活跳跳的樣子，想也沒多想，雙手抱起大魚就往河裡放。「可憐的魚兒，一定是迷路了。來吧，讓我幫助你回家。」

魚兒一入水，就呼溜呼溜的游走了。

阿胖看著魚兒游水的身影，發了一會兒呆。

才轉過身，忽然間，又一個黑影從天而降。

「哇，怎麼又被魚打到？好痛！」阿胖摸摸自己的頭，直呼倒楣。

大魚又在蘆葦叢中亂跳，阿胖這回可不敢大意，他仔細看了一會兒，才抱著魚往河裡放。

「嗯——河裡才是你的家，蘆葦叢不是！搞清楚方向哦。」

看著魚兒順流而下，突然間，阿胖把整個身子蹲低，拿起背包擋在頭上。

一個黑影又從天而降，不過，這次沒有砸中阿胖，而是砸中阿胖的背包！

「哈哈，打不到！我就知道你會回來的，你這條壞魚！」阿胖生氣的對魚兒說。

「我不是壞魚——我只是挑戰失敗！」沒想到蘆葦叢裡的魚，竟然開口說話了。

「哇，魚還會講話？真是新鮮啊。」阿胖太驚訝了。果然，外面的世界是新奇的。

「說，我和你無冤無仇的，為什麼要打我呢？」阿胖大聲問。

魚兒不再亂動了，他靜靜的躺在草叢裡，嘴巴一張一闔。「一個挑戰嘛，我是隻喜歡挑戰的魚。」魚說得很理所當然。

「挑戰？挑戰打我嗎？」阿胖愈

想愈氣。

「挑戰飛起來後，打中岸邊的傻瓜三次！」魚的聲音也不小。

「哼，我才不是傻瓜！幸虧我機靈，第三次躲開了。壞魚！」

「唉，挑戰失敗，真討厭！」

「壞魚，這次我不救你了，我要讓你自生自滅！」阿胖氣呼呼的說著。

出乎意料的，魚靜靜的躺在草叢中，什麼話都沒有說。

五分鐘過去了。

十分鐘過去了。

魚還是動也不動。

現在換阿胖慌了，害死一條魚，他可不願意。阿胖雙手抓起大魚，趕快放進河裡。魚一入水，又自在的游起來了。

「可惡，被騙了！」阿胖氣呼呼的想。

現在，魚游到阿胖跟前，誠懇的說：「謝謝你救了我。我對你不禮貌，沒想到你一點都不計較，衝著這一點，我一定要報答你一次。說吧，你需要我幫什麼忙？」

「幫忙？」阿胖眼睛一亮，「我想去西巴巴島，和我的同伴在

一起。」

「沒問題，這是一個很好的挑戰！」魚高興的說。

騎魚大挑戰

這條魚自稱「花大爺」，因為他身上有一個明顯的黑色圖案，像朵花兒似的。

花大爺喜歡接受挑戰，他總愛說：「每天在河裡只是游水，多

麼無趣？挑戰，可以讓生活充滿刺激和樂趣。」

「花大爺，我們怎麼去西巴巴島？」阿胖問。

「簡單，你坐在我的背上，我載你去就行了！」

「坐在你背上？」阿胖大吃一驚，「這，豈不是騎魚了嗎？」

「嘿嘿，所以我說這是個挑戰啊！」花大爺一點也不慌張。

「那我怎麼騎？」阿胖問。

「想怎麼騎，就怎麼騎！」

花大爺說得輕鬆，阿胖可不輕鬆。他試了好幾次，每次都從魚背上滑下來，滑溜的魚鱗像溜滑梯，根本無法久坐，阿胖得想其他

的辦法才行。

阿胖看到島上蘆葦飛揚，忽然靈光一閃，「有了，加上草繩子，就不成問題了。」

阿胖摘下幾根強韌的蘆葦莖，敲打、搓揉結實後，把三、四根蘆葦莖捻成一根粗壯的大草莖；再將兩根大草莖前後接在一起、打死結，就成了一根長長的草繩子。在草原上時，阿胖常常和阿力、阿發玩「鬥草莖」的遊戲，誰搓揉的草莖最結實，誰就是贏家。

現在，阿胖把草繩子繞過花大爺的嘴巴，兩手各緊握一端，坐在魚背上。有了繩子的固定，就不怕坐不住、往下滑了。

「準備好了嗎？」花大爺問。

「我好害怕哦。」阿胖又開始發抖了，不過，前往西巴巴島的目標讓他充滿勇氣，他大聲的喊著：

「出發！」

這果然是一項很大的挑戰——

對花大爺是，對阿胖也是。

花大爺的挑戰是：背上多了一

隻胖鼴鼠的重量，想要順利的往下流游，可不是件簡單的任務；阿胖的挑戰是：要穩穩的騎在一條魚身上，不落水、不亂晃，還要靈活的跟著魚的身體轉彎、前行，更是難上加難。

所幸一魚一鼠都有堅強的意志，花大爺放慢速度，阿胖挺直腰桿，他們倆磨合出最佳的速度和姿

勢，慢慢的，「騎一條魚」的任務，成功了。

對阿胖來說，騎魚的感覺，比坐船更刺激一百倍。水中潛行時，像是進入水世界；躍出水面時，像是進入了空中的世界。兩個世界交替呈現，阿胖眼花撩亂，一下子害怕，一下子歡欣，前所未有的感覺，讓他又叫又笑。

一路順流而下，比船還要快。

快要抵達西巴巴島時，花大爺說：「小鼴鼠，準備好囉，我要來個世紀無敵大飛行！」阿胖閉上眼睛，夾緊大腿，緊緊的握住繩子，起飛——

這麼一飛，他就飛上西巴巴島了。

一聲巨大的聲響，引起了好多雙眼睛的注意。

阿胖摔在一片柔軟的沙灘上，昏迷了約十秒鐘的時間。當他睜開眼睛時，聽到圍觀的群眾發出一陣陣驚呼：

「阿胖，你到哪裡去了？」

「阿胖，我好想你呀！」

「太好了，阿胖，你還活著！」

大山來到阿胖面前，先是重重打了他一下，隨後又抱著他哭出

來，「十隻鼴鼠，一隻都不能缺！」

阿胖也哭了，哭得唏哩嘩啦的。

他把自己逃生的經過，鉅細靡遺的詳述一次。

當他說到花大爺時，忍不住問：「魚呢？載我來的那條魚呢？」

「早就放回到河裡去了！好大的魚啊！」大山說。

阿胖悵悵的看著河面，卻看不到花大爺的蹤跡。

阿胖在心裡說：「花大爺，謝謝你。這次的挑戰，我們成功了！」

十隻鼴鼠，一隻都不能少！

早上是驚心動魄、死裡逃生的行程，下午卻是澈澈底底的放鬆行程。

阿胖和其他小鼴鼠躺在沙灘上，盡情享受椰子汁、水果餐，和永無止盡的鹽栗子。

西巴巴島是河流中間的一座大島嶼，因為有河水當天然屏障，整座島幾乎成了原生鼠種——花栗鼠的天堂，完全不需要擔心天敵的問題。

島上的特產是鹽栗子，這裡的鹽栗子帶有淡淡的鹹味，反而襯出栗子本身的香甜、鬆軟，是遠近馳名的名產，很多小動物都是專門來西巴巴島吃鹽栗子的。

小鼴鼠一行，在這裡受到花栗鼠非常熱情的招待。

下午參觀栗子樹、採摘栗子、吃各式的栗子大餐；隔天一早是西巴巴島一日遊的行程；第三天則是自由活動的時間，每隻鼠都可以自己選擇

喜愛的地點遊玩、放鬆。

三天過去，阿胖很專心的在打包回程的行李。

他的旅行袋中塞了滿滿的鹽栗子；他答應要讓阿力和阿發嘗嘗鹽

栗子的滋味，可不能食言。

此外，他也打包了一些帶硬刺的栗子回去。

大山問他：「為什麼要這麼費事，帶有硬刺的栗子回去？」

阿胖支吾著說：「栗子好吃，有硬刺的栗子也很可愛，我想帶給朋友們看一看。」大山不置可否的笑一笑。

第四天一大早，是回去的時刻了。

來的時候有小金8號可以坐，回去的時候則沒船可坐，小鼴鼠必須沿著河岸走上一整天，走到河彎口的野莓叢，就算回到家了。

現在，花栗鼠正幫著十隻小鼴鼠過河。

不是坐船，不是游水，而是沿著晴空樹索溜下去，五秒鐘的功夫就可以抵達對岸。

這條樹索是花栗鼠特別建造的，從西巴巴島上最高的一棵樹，拉到河對岸另一棵強壯的樹——萬一有急事需要過河時，非常方便。

清晨時分，太陽的光芒把小鼴鼠的身影鍍上了層金色，十隻小鼴鼠手上各握著一段樹藤，掛在樹索上，「咻」一聲溜下去，全都順利的過了河。

十隻鼠揮揮手，向花栗鼠說再見，最後一天的行程，他們要靠自己的力量完成。

阿胖這時才想到小金8號，他問大山：「小金8號呢？」

「順流而下去啦！小金說，他要看看他的船能不能航行到大海！」

「如果不行呢？」

「哈哈，如果船毀了，他會自行逆流而上，回到他自己的家，然後，再造另一艘新的小金9號！」

「真是厲害，造船很困難呢。」阿胖佩服的說。

「噓——小聲點。」大山的語氣忽然轉為嚴厲，「從這裡開始，我們得要提高警覺，不能大聲說話啦！」

十隻鼠放輕腳步，沿著河岸走。他們挑著繁密的樹林走，鑽樹叢、踩樹根，輕手輕腳，可不能引起狐狸或是惡貓的注意，一旦被追蹤，那可就麻煩啦。

一群鼠很順利的走了大半天的路。

中午時分，他們躲在一個隱密的樹洞裡吃東西。

吃完飯，繼續前行，隱密的樹叢突然來到盡頭，

眼前一亮——小鼴鼠來到了亂石灘的河岸邊。

也許是坐船的記憶太過鮮明愉快，大夥兒看到河水，忍不住都往河邊走。

小米說：「大山，我想喝點水，可以嗎？」

莉莉說：「拜託拜託，休息一下嘛，好渴、好累哦。」

其他幾隻鼴鼠也用渴望的眼神看著大山。

大山先是搖了搖頭，之後，嘆口氣，無奈的點了點頭。

得到大山的同意，大家樂瘋了。先卸下背包，再往河邊走，有的喝水，有的踢水，有的則是直接把頭埋進河水裡。

阿胖也把腳伸進河水裡踩水，冰涼的河水馬上趕走了雙腳的疲累。

一開始是鼴鼠的歡叫聲：「魚！魚！」大夥兒開心的在河裡尋找魚兒的蹤跡。

接著是「鳥！鳥！」的歡叫聲，大夥兒驚喜的抬頭尋找鳥影。

突然間，一隻鼠急促的喊著：「鷹！鷹！」阿胖抬頭一看，不得了！一隻兇猛的東方鵟急撲下來，小鼴鼠慌忙四散奔逃。

站在石頭上的莉莉首當其衝，她看見東方鵟直撲而來，驚慌不

已，一不小心摔到石縫裡；窄細的石縫反而成了莉莉的庇護所。

東方鵟見狀，馬上更換目標，鎖定了跌坐在亂石灘上的小米。

其他鼴鼠看見東方鵟朝小米急衝而下，紛紛大喊：「小米快跑、小米快跑！」但小米太害怕了，他嚇得腿都軟了，動也動不了。

在這一瞬間，一顆栗子突然朝東方鵟丟去，「咻～」，打中東方鵟的翅膀；又一顆，「咻～」，打中東方鵟的身體；再一顆，「咻～」，東方鵟翅膀一痛，放棄原先的目標，再度振翅飛起。

是阿胖。

阿胖情急之下，拿出他袋子裡的栗子攻擊東方鵟。

東方鵟沒料到一群不起眼的鼴鼠竟會反擊，長嘯一聲，高空迴轉，準備另一波攻擊。

但小鼴鼠早有準備，他們效法阿胖的做法，在東方鵟往下攻擊時，把栗子握在手上當武器，一顆一顆，朝低飛的東方鵟死命丟去。

一時之間，天空像是下起了密集的栗子雨，有的打中，有的撲空，結實的力道，成功嚇阻了東方鵟。

大山說：「沒想到栗子炸彈，很有效啊！」

阿胖說：「栗子本來就妙用無窮。啊，我忘了還有另一個祕密武器——這個炸彈，攻擊力加倍！」

阿胖從背包裡搜出帶硬刺的栗子——抓它的同時，阿胖的手也被刺傷了，但他管不了那麼多，只是死命的抓起栗子往上丟。

帶刺栗子直接命中東方鵟的頭部，又刺又辣的痛感，讓東方鵟忍不住嘶啞喊叫起來。

鹽栗子的進攻，一輪又一輪，東方鵟最終受不了漫天的栗子炸彈，放棄了獵物，一拔高，就往山上飛走了。

「萬歲！萬歲！我們打跑東方鵟了！」八隻鼠沒想到自己竟然可以以小勝大，興奮不已。他們上前扶起腿軟的小米，把他拖進樹叢內，再去找尋莉莉……咦，莉莉呢？

「不好了，莉莉漂走了！」阿紫看見莉莉在河中載浮載沉。

阿胖一秒也沒多想，馬上跳進河裡救莉莉。

鼴鼠是會游泳的——這個祕密目前只有阿胖知道，他一定要親身示範，把莉莉救回來。

阿胖快速划動手腳，順著水流往下游。莉莉運氣好，卡在布滿綠苔的石縫中呼救。

阿胖游到莉莉身旁，先把她拖到另一顆石頭上略做休息，同時告訴她游水的技巧和方法，沒多久，下游的河面上就出現兩隻鼴鼠，慢慢游上岸了。

他們上岸的那一剎那，所有的小鼴鼠都熱烈的鼓掌：

「阿胖，你真了不起！」

「沒想到阿胖還會游泳，太厲害了！」

阿胖略帶哭聲的說：「其實，我也是

很害怕的。不過，大山說得對，十隻鼠出去，一定要十隻鼠回來，少一隻都不行啊！」

大山帶領的西巴巴島旅遊團，最後在金光滿溢的夕陽中，順利回到了鼴鼠洞。

鼴鼠學校的亮校長和鑽老師為他們接風。

校長問：「孩子們，好玩嗎？」

「超好玩的！」

鑽老師問：「孩子們，好吃嗎？」

「超好吃的！」

「下次還想出去旅行嗎？」校長和鑽老師同時問。

「想！」

「超想！」

「超級無敵想！」

「迫不及待啊。」

這是所有小鼴鼠的真心話。

西巴巴島小旅行團，成功！

前進，烏拉拉山

烏拉拉山
小旅行團
行程表
目的地 烏拉拉山
成員 阿發、小可、毛大、岩公公
交通方式 走路
預計天數 6天
特色行程 盪會飛的樹藤

西巴巴島小旅行團回來的隔天，烏拉拉山小旅行團也出發了。這一團人數較少，只有三隻小鼴鼠和岩公公。

有岩公公的帶領，每隻小鼴鼠都充滿信心。

他們高聲的喊著：「前進，烏拉拉山，我們要來盪樹藤了！」

誰在唱歌？

「大家看，從這條路直直往上走，就可走到烏拉拉山喔！」岩公公攤開地圖，指著地圖上一條明顯的山徑，對三隻小鼴鼠說。

三隻小鼴鼠仔細看著地圖，好一會兒後，阿發提出疑問：「岩公公，如果我們在晚上迷了路，辨認不出地圖上的路徑，該怎麼辦？」

岩公公輕笑一聲，指著天上月亮說：「看到月亮了嗎？來，把手握成拳頭狀，往上高高舉起，在月亮旁邊、三個拳頭遠的地方，有一顆明亮的星星，那就是北極星！只要認得北極星，朝北極星的方向走，再黑的夜晚也能順利找到正確的方向。」

「所以，我們是朝北方走囉？」小可問。

「是的，烏拉拉山在北方，也就是黑森林的深處，預計要走四天才會到。」

「岩公公，你盪過那裡的樹藤嗎？盪樹藤好不好玩？」毛大問。

「我當然盪過樹藤啦！」岩公公抬頭看著遠方，迷濛的眼光好像記起了什麼，「盪樹藤的感覺就像在飛，飛，懂嗎？一旦飛過，怎會忘記那種感覺？每一年，我都想再去烏拉拉山盪樹藤，但是我年紀太大，年年想去，年年都不順利。孩子們，如果岩公公這次去不了，你們可要自己去哦！」

「岩公公，不要嚇我們。你是我們的嚮導，你不去，我們怎麼去得成？」阿發說。

「跟著地圖走，不難的。好孩子，凡事都有第一次，記住我的話。好了，快睡吧，明天我們還要早起趕路呢。」岩公公說完話，三隻小鼴鼠立刻乖乖上床睡覺。

艱困的行程即將展開，吃飽睡飽是第一要務。

隔天一大早，太陽才露出第一道光芒，岩公公和三隻小鼴鼠就整裝出發了。

這是他們第二天的行程。

第一天他們從鼴鼠洞上到草原，走到森林的邊界，借宿在田鼠伯伯的樹洞裡。今天，他們就要走進黑暗幽深的森林了。

這個旅行團由三個「不怕難」的好夥伴組成：阿發，遇事冷靜、有想

法；小可，膽小、體力好；毛大，膽大心細、好奇心強。

這三隻鼠從沒踏進森林一步，黑森林向來是個可怕的禁地，像個無底洞一樣，他們很怕一旦踏進去後，就再也出不來了。

不過，有岩公公在就不一樣。

岩公公會指導他們該怎麼走、往哪邊走、什麼東西可以吃、什麼東西不可以碰，跟著岩公公走，萬無一失啦！

現在，他們跟在岩公公後頭努力的走著，心情非常開心。

森林很好玩，森林很有趣！

三隻鼠左顧右盼，一下子指指樹上的花，一下子踢踢地上的

果，充滿了歡樂情緒。

岩公公也善盡指導之責，告訴他們：走路時，最好貼著樹木的板根或氣根走；平坦的落葉叢中可能躲藏敵人；紅豔的菇類不能吃；擦布樹的葉子背面會反光；鈴鐺花粗大的莖部藏有水分，可以解渴……

在岩公公的解說之下，森林不再是可怕的無底洞，而是一堂有趣的自然課，好玩極了。

突然間，岩公公做了個手勢，要大夥兒停下。

他說：「噓，不要出聲。現在這裡躲了三隻小動物，你們張大

眼睛仔細看，把他們找出來。」

三隻鼠認真的東看西看，看不出任何異狀，最後，他們搖搖頭。

只見岩公公拿起一枝小樹枝，往密生的竹林上輕輕一拍，一隻竹節蟲跳了出來；往落葉堆上一掀，一隻枯葉蝶飛了起來；往長滿青苔的石頭上一敲，一隻翡翠綠蛙連三跳，跳走了。

岩公公笑著說：「看仔細了，這叫

『偽裝』，有些動物天生就有偽裝的本能，一定要小心。」

三隻鼠從沒看過這些有趣的動物，忍不住嘖嘖稱奇。

吃過簡單的午餐，四隻鼠繼續往前走。

才走了半個時辰的時間，突然間，森林整個不對勁了：陽光不見，空氣也變冷

了，一陣低低的歌聲從遠處傳了過來。

「誰在唱歌？」阿發非常訝異。

「森林的精靈嗎？」小可問。

岩公公也站著不動，仔細聽著這歌聲的動靜。

忽然，岩公公露出不安的神情，「糟糕，霧來了，是濃霧。快，我們得趕快走！」岩公公往前急奔，走沒多久，竟然骨碌碌的溜下斜坡去了。

一逃二躲三裝死

三隻小鼴鼠從來沒見過霧。

他們見過風，見過雨，見過雪——這些，只要躲進地洞裡，什麼問題都沒有。但，霧是什麼呢？他們搞不清楚，不過，岩公公說得緊急，他們也跟著緊張起來。

不過三分鐘的時間，三隻鼠發現，低低的歌聲開始在耳邊迴盪，然後，白白的霧氣開始追著他們跑，包圍他們，超過他們，瞬間彌漫了整座森林。

三隻鼠驚駭莫名，他們伸出自己的手，竟然看不見五根手指頭；他們想找到彼此，卻看不見同伴的身體，只能靠著聲音確定方向。他們終於知道岩公公在擔心什麼了。

沒想到，就在此時，傳來了岩公公的慘叫聲。

「岩公公，你在哪裡？」

岩公公走在最前面，也不過幾步路的距離，阿發他們卻找不到他。三隻鼠趴在地上，發揮本能，用鼻子嗅聞。

在距離十步遠的地方，他們才終於發現岩公公。

原來這是個陡直的下坡，岩公公不小心從坡上滾下，就一路滾

下來了。

「我的腿跌斷了，哎喲，好痛！」岩公公忍不住疼，嗚嗚的說著。

這下子，小鼴鼠可慌了。岩公公受傷，接下來的旅程該怎麼才好？

「孩子們，現在先挖一個地洞，我們躲到洞裡去，等這陣大霧過去之後再說。」岩公公雖然受傷，但思考依舊很仔細。

三隻小鼴鼠點點頭，開始挖洞。地洞是最安全的堡壘，一鑽天下無難事。

於是，四隻鼠在深邃的地洞，躲避這場突如其來的濃霧。

「遇到濃霧，最好的辦法就是不要動，就地找掩護。唉，我一時心急，竟然忘記這條鐵則，現在受傷了，誰都怪不得。」岩公公嘆口氣說。

「岩公公，那接下來的行程怎麼辦？」三隻鼠互看一眼。

「繼續走。」岩公公鎮定的說。

「什麼？」三隻鼠大驚。

「對，繼續走，你們走你們的，我走我的。這裡距離田鼠的樹洞並不遠，我會想辦法自行回去，而你們也要繼續你們的行程，就

照著地圖走，千萬不能半途而廢。」

「岩公公，我們會害怕……」三隻鼠幾乎快哭了。

「怕什麼？鼴鼠的救命法則：一逃、二躲、三裝死。好孩子，你們一定行的。」

濃霧過後，在岩公公的堅持下，三隻鼠和岩公公分道揚鑣了。沒有岩公公當靠山，三隻小鼴鼠心中都十分膽怯，但他們還是互相鼓勵，往前邁進——旅行就是這樣，永遠會有意外狀況發生，一旦發生，只能見招拆招，勇敢面對。

現在，他們小心翼翼的向前走，不發出聲響，也不停留張望，甚至，他們還在身上和臉上塗泥巴，為的就是要掩蓋身體的氣味。

匆匆忙忙走了一大段路，突然間，毛大結結巴巴的說：「你們感覺到了嗎？眼睛，有一雙眼睛一直盯著我們哪。」

「在哪兒？」小可問。

「後面的樹叢裡。」毛大說。

「多久了？」阿發問。

「沒多久，但感覺怪怪的。」毛大說。

阿發往後看，並沒有看見任何發亮的東西。

但是，迎著風，他深深的吸了一口氣——阿發突然馬上大喊：「是獾啊，快跑！」

三隻鼠像是參加跑步比賽似的快跑起來；躲在後頭的獾，看到獵物逃跑了，一

個大跳躍，也快手快腳的也追趕過來。

這真是場可怕的追逐戰。

三隻鼠在前頭跑，獾在後頭追。

一下子快追到了，一下子又拉遠了。

阿發聽到獾的喘息聲，也看到獾呲牙裂嘴的面容，他有不好的預感：看來，這隻獾「不達成目的，誓不停止」啊！

怎麼辦？阿發心裡轉過千百個念頭。

挖洞？太慢了。

上樹？

對！獾的體積大，上樹動作慢，一旦爬上樹，就換鼴鼠占優勢了。

阿發吹了一聲口哨，選定一棵枝椏分歧的大樹，一溜煙就爬到樹上，其他兩隻鼠也緊接在後。接著，他大喊：「小可，往東；毛大，往西。」三隻鼠分別爬上了三個不同方向的枝椏。

現在，他們躲藏在三叢濃密的枝葉裡，靜止不動。

獾跑到樹下，抬頭看著大樹，粗重的喘著氣，恨得牙癢癢，不知如何是好。

時間好像在這一刻突然停止了。

三隻鼠在上，一隻獾在下，都不動，都靜靜的。

只有風輕輕的吹著——好像誰先動，誰就輸了。

直到一隻粗心的兔子不小心闖入，踩到一根枯樹枝，「啪」的一聲響，引起了獾的注意，也打破了這難解的僵局。

獾把目光轉向兔子，狠狠的看著他；兔子馬上感覺到災難降臨，慢慢的後退、後退，然後，拔腿就跑。獾，直起直追。

現在，兔子變成獵物了。

三隻鼠的危機解除。

看見和被看見

三隻鼠在樹上待到天色暗了，才敢爬下樹來。

他們心有餘悸的拍拍胸口，好可怕的追殺戰啊！

這一天，又是霧，又是獾的，真是驚險的一天。

接下來，怎麼辦呢？

阿發想了想說：「白天容易被大型動物看見，不如，我們改成晚上行動吧！」

小可有些遲疑，她說：「晚上也會有敵人出現啊，這樣好嗎？

會不會迷路？」

講到迷路，三隻鼠不約而同，抬頭看了看天上的月亮。今天的月亮是美麗的滿月，三個拳頭遠的北極星亮極了。

「有北極星在，不會迷路的。」毛大說：「我們鼴鼠習慣暗黑的世界，晚上行動，也是不錯的想法，試試看吧。」

三隻鼠說定後，先找了個隱密的樹洞略做休息，吃了栗子果乾、喝點水後，就呼呼大睡，直到夜半才起床。

夜半的森林不同於白天的森林，像是蓋了一塊厚厚的黑絨布，

一切黑漆漆、靜悄悄的，毫無生氣；但在小鼴鼠的眼裡，夜裡的森林依然熱鬧喧騰，處處充滿生機，只是所有的聲音都降低一半，活動量也減少一半——夜晚的森林也是危機四伏啊。

三隻鼠不怕黑暗，他們在暗黑的地洞裡生活久了，反而喜歡黑暗。夜愈黑，他們行動起來就愈加敏捷。

他們在山徑上快速的低頭行走，不多做停留，也不東張西望。就這樣，三隻鼠順利的走了一大段路。

阿發低聲說：「看來，晚上行動也是不錯的，起碼大型動物都在睡覺，不會注意到我們。」

毛大說：「月亮也很配合呢，月光被雲遮住了，四周黑黝黝的，真是行動的好時機。」

阿發說：「也不用怕迷路，只要跟著北極星走，一切萬無一失，岩公公的話真對！」

小可說：「你們說得都沒錯，可是我……我老覺得有一雙眼睛，正在盯著我們看！」

講到「眼睛」，三隻鼠的毛都豎了起來。

「在哪裡？」三隻鼠往草叢張望。

「不在下面，在……上面！」小可指指天上。

「上面？」阿發站在山路中間往上看，「上面只有樹梢、烏雲和北極星啊？」

小可顫抖的說著：「我確實看到了，一下子暗、一下子亮，像蠟燭那樣發光的眼睛！」

鼴鼠的地洞世界裡，也是會使用蠟燭的，一旦點上蠟燭，黑暗的地洞就會瞬間大放光明！

「像蠟燭那樣的眼睛？」阿發雖然疑惑，卻還是努力的往上

看。看了好久，突然間，一亮一暗，他看見了，他看見那雙眼睛了！

阿發沒想到的是，他看見的同時，自己也被看見了。

一陣疾風往下掃來，伴隨的是「嗚哩嗚啊」的怪叫聲——是貓頭鷹！阿發被貓頭鷹盯上了！

幸好毛大動作更快，在厲風掃下來的同時，他整個身子飛出去，抓著阿發摔進樹林裡，讓貓頭鷹撲了個空。

兩隻鼠雖然摔得悽慘難看，幸運的是，小命保住了；現在三隻鼠一起躲在濃密的樹叢裡，瑟瑟發抖。

「貓……貓頭鷹，怎麼辦？」小可聲音抖抖的。

「最……最可怕的敵人啊，現在，終於見識到了。」毛大把頭埋得低低的。

阿發顫慄著說：「我們忘了把這隻黑夜裡的大魔王算進去了，現在錯估形勢，接下來，我們可能要變成他的點心了。」

三隻鼠只想了一秒鐘，就決定了接下來的對策：「跑」！只要跑，就一定有一線生機，管它機會有多渺茫。

於是，另一場追逐戰開始。

智取貓頭鷹

三隻鼠在樹林裡穿梭，貓頭鷹在後頭緊追不捨。

三隻鼠在山徑上狂奔，貓頭鷹忽快忽慢，耍他們尋開心。

三隻鼠在草叢裡躲藏，貓頭鷹輕易的就揪出他們的位置，一陣咆哮猛攻。

最後，三隻鼠躲進了幾顆大石頭錯落疊成的石頭縫裡。有石頭當屏障，貓頭鷹一時之間無技可施，小鼴鼠也終於可以暫時休息一下。

「從昨天開始就一直跑、一直跑，我的腿都快斷了。接著，還要繼續跑嗎？」小可喘著氣問道。

阿發和毛大對看一眼，搖搖頭。

阿發說：「再跑也跑不過貓頭鷹，他的眼睛就像探照燈一樣，無論多深的夜，都能看得一清二楚，我們逃不了的。」

「逃不了？」小可驚慌不已，「難道我們要在石頭縫裡躲到天亮？」

「能躲最好，就怕貓頭鷹忍不住，進行下一輪的

猛攻，我們就慘了！」毛大才說完，貓頭鷹就展開動作了，他伸出扁扁的嘴喙，對著石頭開始又敲又啄。

如果石頭被貓頭鷹推倒，那麼，三隻鼠剛好手到擒來。

「我——要——鑽——洞——」小可哭喊著，不過，這種石塊太硬，鑽不了的。

「小可，不要哭，冷靜想想，一定有辦法的。」阿發安慰小可。

突然間，毛大跳起來了，他指著遠方說：「你們看，那棵樹，一下暗、一下亮的，好像是擦布樹！」

三隻鼠往遠處一看，黑暗的森林裡，果然有一棵樹，微微的閃

著亮光。

「擦布樹？太好了！」阿發也大叫！

「擦布樹能救我們一命嗎？」小可說。

「如果月亮肯露臉幫個忙，我們就能得救了。」毛大笑得很篤定。

岩公公曾經告訴三隻鼠，擦布樹葉子的背面會反射光線，在黑暗中，可以當做光源，也可以做為標記。

三隻鼠躲在石頭縫中，焦急的看著天上的烏雲，此刻，他們能

做的事就是祈禱，祈禱風來雲去，月亮露出笑臉，灑下銀白的光線。一旦有光，他們的劣勢就能變成優勢了。

貓頭鷹的攻勢更凌厲了，美食當前，誘使他扁扁的嘴喙，變得更尖、變得更長，往石縫不斷探去，深一些，再深一些，不抓到獵物，誓不罷休。

此時，一陣強風吹來，烏雲慢慢散開，碩大的滿月散發出皎潔的月光，瞬間照亮大地。

毛大喊：「太好了，月亮聽到我們的心聲了。夥伴們，聽我口令！」

毛大先丟出了一顆小石頭，引開貓頭鷹的注意；接著他大喊一聲：「**跑！**」三隻鼠不約而同，往擦布樹上奔去。

一爬上樹，他們馬上分據不同的枝椏，開始搖晃樹枝，盡情踩踏。擦布樹上偌大的葉片，劇烈的搖擺著，葉片紛紛轉成背面，銀白色月光映照在葉子上，反射出耀眼的光芒。

貓頭鷹的眼神追著小鼴鼠跑，但沒料到的是，漆黑的森林裡，突然發射出一道道刺眼的光芒，像一團火般，燒灼了他的眼睛。

貓頭鷹本能的閉上眼睛，轉開頭，深呼吸。

準備好後，他再度睜開眼睛，往小鼴鼠的方向看去——不行，

又是一團巨大的光亮襲來。大火般的燒灼，讓貓頭鷹感到眼睛極度刺痛。

發生了什麼事？

為什麼黑暗之中，會有一棵奇怪的樹？

這棵樹還會發出強烈的光芒？

貓頭鷹屢次想要睜眼靠近，屢次失敗。

他太習慣黑暗了，黑暗之中突然出現的光亮，對他而言像是刀刃一般，無法面對。

貓頭鷹知道小鼴鼠就藏身在那棵奇怪的樹上，但是，強烈的亮

光讓他害怕，也讓他十分難受，他前進，後退，再後退……

終於，貓頭鷹選擇不與強光為敵，憤恨的離開了。

第一個發現貓頭鷹離開的是毛大，「成功了，貓頭鷹飛走了！」

「這一切好可怕啊！」小可又要哭了。

「太好了，計畫成功了。沒想到反光的葉片，成了我們的救星！」阿發高興的說：「現在，我們要繼續藏身在擦布樹上嗎？」

「我們先在擦布樹的樹葉下躲躲吧，我怕貓頭鷹不死心，如果他再來攻擊的話，我們可找不到第二棵擦布樹啊！」毛大說。

其他兩隻鼠也點點頭。

於是，三隻鼠來到擦布樹下，各找了一片碩大的葉片，把自己包裹起來；當然，葉子的背面朝外，反射著皎潔的月光。

他們睡到天色微亮，便趕緊起身。落葉堆裡雖然柔軟舒適，但是天亮了，更多天敵會陸續出現，還是趁早出發為宜。

「擦布樹，謝謝你！我們不會忘記你的救命之恩的。」三隻鼠告別了擦布樹，馬上上路。

有了前兩天的經驗，三隻鼠眼觀四面，耳聽八方，在大樹的氣根和板根中低頭急行，動靜之間都更加小心翼翼。

晚上，終於來到烏拉拉山了。

偽裝的樹藤

隔天一早，他們才見識到烏拉拉山的偉大。

烏拉拉山是黑森林裡最高聳的巨山，山上的樹木都是百年老樹，枝葉茂盛、姿態萬千。不過也因為樹齡久遠，很多樹木上都纏繞著累累樹藤，這些樹藤像小孩子似的，垂掛在老樹身上，依靠著

老樹的滋養，慢慢往上爬。

有時，樹藤纏繞過密、生長過盛，反而反客為主，把老樹勒死了；有時，樹藤得不到養分，日光、水分俱無，攀爬一陣，最後枯死在老樹的懷抱中。不過，無論如何，老樹與樹藤彼此纏繞糾結，形成烏拉拉山上獨特的樹林景觀。

三隻鼠初入烏拉拉山，第一個感覺是：好陰暗啊！

的確，老樹與樹藤交織，遮蔽掉大部分的陽光。剛開始時，他們有些不習慣；不過，看到一根又一根的樹藤低垂、舉手可得，三隻鼠可是樂開懷了。

這次旅行的目的就是要盪樹藤，現在，樹藤到處都是，大小、高低、粗細任選，只要攀上任何一根，四處擺盪，小旅行的任務就完成了！

心動不如馬上行動。

阿發首先爬到一棵大樹上，沿著枝椏，攀上一根瘦小的樹藤。他用雙手緊緊攀住樹藤的尾端，然後，晃動身體，用力一盪——

哎呀，這哪是盪？只是左右搖兩下就掉下來了。但阿發已經心滿意足了。

接下來換小可。

小可選定另一邊的大樹，一樣的先爬到枝椏上，再攀上選定的一根小樹藤，用力一盪——「碰」一聲，她竟然直接從樹藤上掉了下來。

「哎喲，好痛呀！」小可連聲喊痛，阿發和毛大卻是笑彎了腰。幸好樹下多是柔軟的落葉堆，才沒有摔壞小可的小屁股。

「你的手握得不夠緊，看我的。」毛大大聲說著。

毛大四處張望，終於相中另一棵高大強壯的樹木，他爬上枝椏，選定一根細小的綠色樹藤，縱身一跳——

只聽毛大「啊——」一聲大叫，然後，就看見他和

樹藤一起從樹上掉落。

為什麼樹藤也會掉下來呢？兩隻鼠在地上看得有些不明白，是毛大太用力拉扯？還是樹藤自然鬆脫？但只是一秒鐘的時間，阿發就看清楚了——樹藤凌空變成一條蛇，張口就往毛大咬去——那根本不是樹藤，而是一條蛇！

地上的兩隻鼠馬上拔腿狂奔，而空中的毛大更是連連翻滾幾圈，希望能拉開距離，躲避綠蛇的空中攻擊。

「咻」的落地，毛大朝著兩隻鼠的方向沒命奔跑；現在，一條蛇追趕著三隻鼠，昂立的蛇頭極為凶惡，長長的蛇信嘶嘶的吐著。

突然間，跑在最前端的阿發吹了一聲口哨，其他兩隻鼠都知道要怎麼做了。

上樹，分別爬上不同的樹。

烏拉拉山的特點就是老樹、樹藤夾纏，形成強大的樹藤網絡：從這根藤可以爬到那棵樹，從那棵樹也可以攀到另一根藤。

三隻鼠一上樹後，就開始在樹藤上奔逃。

蛇雖然動作矯健，但是樹幹、樹藤凹凸崎嶇，就算速度再快，也不如有手有腳的鼴鼠身手靈活。

加上三隻鼠又各跑向不同的方向，蛇想追，一時之間也不知道要往哪個方向追。慢慢的，三隻鼠和蛇的距離愈拉愈遠，最後，終於看不見蛇的蹤影。

然而，三隻鼠彼此也迷失了方向。

只有風，颯颯的吹著。

沉鬱的樹林裡彷彿發生了很多事，又彷彿什麼事都沒有發生。

突然樹林裡傳出了一記口哨聲——那是阿發獨特的口哨聲，聽到哨音，兩隻鼠就知道要往哪裡集合了。

三隻鼠會合後，都有掩不住的驚恐。

「沒想到，蛇也會偽裝成一根樹藤，太不可思議了。幸好我抓住的是尾巴；如果抓住的是蛇頭，我就完了。」毛大心有餘悸。

「就像岩公公說的，眼觀四面，耳聽八方，森林，永遠危機四

伏啊！」阿發也嘆口氣道。

「那麼，接下來，我們要去哪裡？」小可問。

阿發想了一會兒，說：「既然我們現在都在樹藤上，不如，我們去尋找一根『會飛的樹藤』吧！」

「『會飛的樹藤』？在哪裡？」毛大問。

「我也不知道也哪裡。」阿發笑一笑說：「從我剛剛盪樹藤的經驗來看，要找到一根會飛的樹藤並不容易。我剛剛盪時，即使身體再怎麼用力，也只是輕輕的搖兩下而已，可見，樹藤的重量、大小、方向、柔軟度都很關鍵。來到烏拉拉山，不體驗一下盪樹藤

『飛』的感覺，多可惜！我們就努力的來尋找看看吧。」

其他兩隻鼠也點點頭。

「不過，千萬要小心，萬一又有蛇偽裝成樹藤，可不能再被騙第二次了！」毛大叮嚀著說。

三隻鼠最後終於找到了一根「會飛的樹藤」。

那根樹藤在烏拉拉東面山崖的一棵大樹上。

樹藤雖然細瘦，卻堅韌有勁，小鼴鼠的手握起來剛剛好。重點是樹很高，隨時都有風在吹，小鼴鼠可以不費吹灰之力，就體會到

「飛」的感覺。

「阿發，這樹藤好高哦，我有些害怕！」小可有懼高症。

「別怕，別怕，沒問題的。只要想到我們是怎麼辛苦來到這裡，這樹藤非盪不可！」毛大說。

小可雖然害怕，但也點了點頭。

「先握緊樹藤，然後，再從枝椏上盪出去喔！」阿發叮嚀大家。

「要喊些什麼嗎？」毛大問。

「想喊什麼就大聲喊吧！來，我當第一棒！」阿發說完，握緊樹藤，站在枝椏上，凌空一盪，大喊著：「我——會——飛——了！」

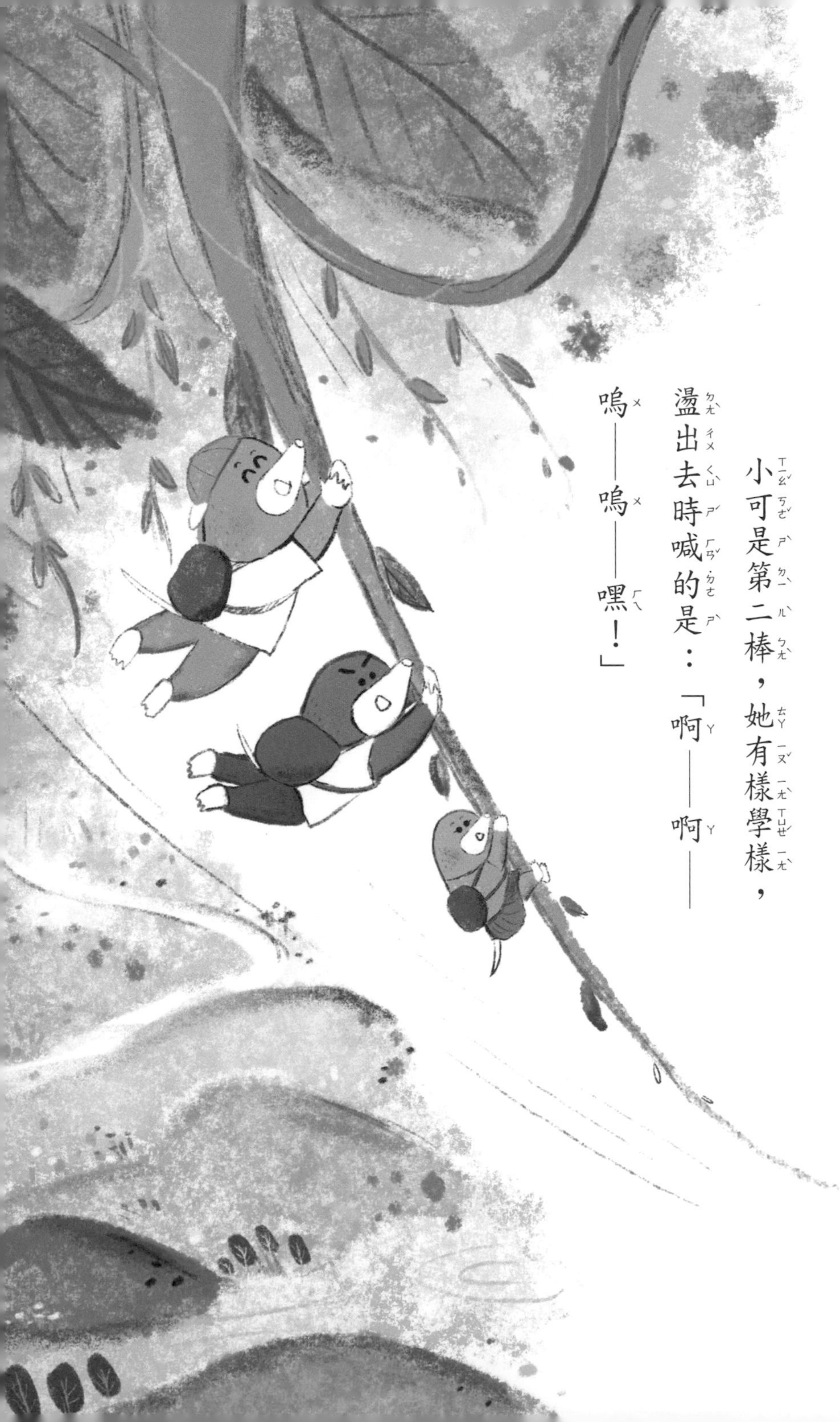

小可是第二棒，她有樣學樣，

盪出去時喊的是：「啊——啊——

嗚——嗚——嘿！」

毛大壓軸，他盪得又高又遠，喊的是：「我——要——盪——到——天——上——去！」

這驚喜、顫抖、害怕、快樂的一瞬間，三隻鼠永遠難以忘記。

完成盪樹藤的壯舉後，三隻鼠開始往回走，打算沿著原路回家。

來的時候，雖然遇到很多驚險的事情，卻也讓他們的經驗豐富、眼界開闊，做錯的事情絕不再做第二次，所以，回程的路上，一切順利。

花了兩天的時間，他們就回到田鼠伯伯的樹洞裡。

岩公公還在樹洞裡養傷呢。

看到岩公公的那一刻，三隻鼠激動的掉下淚來；岩公公卻只是不停的說著：「好孩子，太好了，你們平安回來了！」

三隻鼠急著想說沿途的驚險事件，岩公公卻要三隻鼠先吃飽、喝飽、睡飽，其他事情，以後再說。

「岩公公，難道你不想聽聽我們這些冒險經過嗎？」小可問。

「我當然想聽。」岩公公笑著說：「不過，慢慢來，慢慢說。這幾天的冒險，恐怕你們一年都說不完呢！」

勇闖噴火龍地下岩洞

祕 地下岩洞 小旅行團

行程表

目的地 神祕未知地下岩洞

成員 阿力

交通方式 走路

預計天數 好幾天

特色行程 尋找噴火龍火球

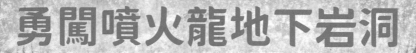

阿力出發去找噴火龍的那天，身上只背了一個小背包。

他來到亮校長的校長室，輕輕敲了敲門。

「請問亮校長在嗎？」阿力問。

「哦，是阿力啊！等等我吧，我現在正在開會，半小時後，我再找你。」亮校長說。

於是，阿力在門口乖乖的等著。

這之間，許多同學、老師來來去去，他們都對阿力說同樣的

話：「阿力，你在這裡做什麼？為什麼不去地面上玩呢？」

阿力很想說說他偉大的旅行，不過，他怕一旦說出「噴火龍」三個字會嚇壞大家，於是他嚥下了嘴裡的話，輕輕搖了搖頭。

亮校長終於開完會了。

她走出來，對阿力露出和藹的微笑，「準備好了嗎？」

「準備好了。」阿力說。

「那麼，跟我走吧！」亮校長就帶著阿力從鼴鼠洞第72號教室，來到鼴鼠洞第91號教室。

第91號教室是間工具室，裡頭堆放著一些壞掉的桌椅、待修的

教具等，很少有鼴鼠進來。

校長帶著阿力在教室裡小心踏步，左移右挪，先搬開兩張舊椅子，再搬開一張大桌子。桌子後面，露出一道小小的門。

「阿力，你知道我們鼴鼠洞共有幾間教室？」校長問。

「我知道，共有99間教室。」

「錯，其實有100間，第100號教室就在這裡。」校長說完後，拿出鑰匙，打開門。

第100號教室非常小，小到只夠讓阿力和亮校長兩隻鼠站進去。

阿力疑惑的問：「沒想到第100號教室這麼小，這……根本不能

上課啊！」

「沒錯，這間教室不是用來上課的，它其實是個通道。」亮校長說。

「通道？」

「對，一個祕密通道，從這裡下去，會到達另一個

奇怪的世界。」說完，校長從牆上敲下三塊平整的石頭，石頭後面赫然出現一條窄小的通道。

「奇怪的世界？你是說……」阿力問。

「是的，噴火龍的世界。」

「原來是從這裡下去啊，難怪我上次會在這附近遇見火球。」

阿力上次是在第93號教室附近的地道裡，遇見噴火龍火球的。

「會遇見噴火龍是你的機緣，也是你的使命，別人想遇還遇不到。」亮校長微微一笑，「從這個洞進去，就是你小旅行的起點了！阿力，因為你是第一個想要去『地下的地下』探險的鼴鼠，所以，

出發之前，我要給你兩樣禮物。」

「第一樣禮物是之前說過的噴火龍鱗片徽章，這個徽章是噴火龍火爐送給我的，你拿著徽章，找到火爐，他會信守承諾，好好照顧你；第二樣禮物是這個長型的金屬哨子，不要小看它喔，這個哨子雖然小，但它可以吹出十分尖銳的聲音，那是噴火龍最害怕的聲音，如果情況危急，你就吹它自保。」

阿力點點頭，把徽章收進口袋，再把哨子項鍊戴在脖子上。

「好了，我只能送你到這裡。旅行回來，再來校長室找我。」

阿力點點頭，說：「謝謝校長，校長再見。」

說完，他就從牆壁上的洞鑽進去，一鑽進去，就像坐上溜滑梯，一直一直往下掉。

這是一個非常長的溜滑梯，阿力足足溜了半小時，才溜到盡頭。

銜接溜滑梯的，是另一個窄小的地道，阿力只是踏出第一步，就明顯感覺到不一樣：熱。這條地道充斥著一股熱氣，熱熱的、暖暖的，溼度也和平常不一樣。當然，腳上踩的岩石更是明顯不同。

阿力覺得自己來到了一個不一樣的世界，他放慢腳步，慢慢前

行。下一步會是什麼呢？是危險，還是平安？阿力心想，凡事還是小心一點，比較妥當。

又走了半小時多的路程，阿力聽到愈來愈多的聲響，轟隆隆的聲音，像雷在響。最後，他來到一座懸崖邊，感覺上，這是步道的盡頭了。

阿力不敢再往前踏一步，他趴在地上，小心翼翼的探頭一看，這一看，差點沒驚呆：

底下是一個非常大的洞穴，大到像地面上的森林那般大，洞裡有湖、有石、有亭、還有空曠的廣場。廣場上，有幾隻噴火龍正自

在的四處遊走呢——難不成，這裡是噴火龍的國度？

阿力全身顫抖，他知道他到達目的地了。

他終於來到噴火龍的國度了。

接下來該怎麼辦？他要如何找到火球？還是應該先去找火爐？

突然間，一連好幾隻噴火龍都從嘴裡噴出晶亮的火舌來，烈焰璀燦耀眼，伴隨著一陣一陣的熱氣蒸騰，整個地下洞穴看起來就好像是火災的現場。

阿力嚇一大跳，但同時間，他的腦袋也瞬間清醒了，很快就明白了一件事：噴火龍有火，但是他沒有。

所以，最好的方式就是：慢——慢——來。

想好計策，阿力沿著石壁慢慢往下爬。

最愛哭的噴火龍

噴火龍真是巨大啊。

龐大的身軀、健壯的手腳，再加上一對堅實有力的翅膀——應該是「世界上最可怕動物」第一名吧。再加上從他們嘴裡噴出的晶

亮火舌，一旦被噴到，必死無疑，難怪大家聽到噴火龍就想逃。

阿力感覺他在噴火龍的世界裡，就像螞蟻那般小，但也因為太微小了，很容易被噴火龍忽略——恰好可以讓他在噴火龍的洞穴裡自在來去，通行無阻。

第一天，阿力像是在探險似的，從洞穴的東邊走到西邊，再從洞穴的南邊走到北邊，差點沒把他累死。不過，他還是找不到火球。

第二天，阿力嘗試靠近噴火龍，想試試看能不能認出火球。不過，噴火龍每一隻都長得很像，哪一隻才是火球呢？

廣場上共有十二隻噴火龍在噴火，一隻噴完換一隻，好像在比賽似的，火舌一條比一條長。阿力躲在遠處觀察。

突然間，一隻噴火龍哭了起來，粗厲的哭聲沙啞刺耳，迴盪在整座廣場裡；然後，這隻噴火龍獨自走到湖邊，面對湖水站立，抽噎個不停。

阿力忽然心中一動：會不會，他——就是火球？

當初遇見火球時，火球就是一個愛哭鬼啊。

阿力小心翼翼的來到湖邊，藏身在一顆大石頭後，目不轉睛的觀察這一隻愛哭的噴火龍。

只見他面對著湖水，抽抽噎噎哭了好久，接著，抹抹眼淚，搖搖尾巴，搧搧翅

膀，嘆了一口氣，坐了下來。

阿力赫然發現到，這隻噴火龍的眼睛下面有一道白色的淚溝。

淚溝……他依稀記得，火球的眼睛下也有一道白色的淚溝呢！

「所以，他是火球嗎？」阿力想了想，決定上前確認看看。

阿力往那隻噴火龍的身上丟擲石塊，企圖引起注意；不過，阿力拿得動的石塊，對噴火龍而言就像沙子一樣，根本起不了作用，沒有感覺！

阿力決定放手一博——他想要拿自己去當誘餌。

阿力來到噴火龍的面前，揮手、跳躍、大聲呼喊。一隻活生生的小東西，雖然很小，但還是引起噴火龍的注意了。

「火球，火球，我是小鼴鼠啊！」阿力放開喉嚨喊叫。

噴火龍的尾巴突然掃過來，阿力躲開了。

「火球，火球，我是小鼴鼠啊！」

噴火龍的大腳踩過來，阿力跳開了。

「火球，火球，我是小鼴鼠啊！」

噴火龍張開大嘴，吐出濃濃的熱氣……

突然間，他停止動作了。

「你是小鼴鼠？那隻小鼴鼠？」噴火龍問。

「我是挖黑片岩的小鼴鼠啊。你是火球吧？真開心再度見到你。」阿力大聲說。

火球怔了半晌，不說一句話。

阿力知道，他的命運就掌握在這一瞬間——也許他會變成一隻焦黑的鼴鼠乾，也許他會重新交到一個好朋友——阿力趕緊從背包裡，拿出一大片黑片岩，在噴火龍眼前晃了晃。

「你——是——挖黑片岩給我吃的小鼴鼠嗎？小鼴鼠，我找你

好久了，你跑到哪裡去了？嗚嗚嗚，我好想你啊……」火球又哭起來了，一樣粗厲的哭聲，沙啞又刺耳，不同的是，這次他流下的是喜悅的眼淚。

不及格的噴火龍

火球一口就把黑片岩吞下去了，然後，他把阿力托在手上，和他聊天。

「我有回去地道的盡頭找你哦，可是地道被堅固的石頭封起來了，撞也撞不開，我只好走開了。」火球說。

「哈哈，被火燒過的石塊，怎麼可能撞得開嘛？」阿力慧黠一笑，「其實，當時，我是故意的。」

「故意的？為什麼？」火球問。

「你是噴火龍，我是小鼴鼠，我們兩個本來就分屬不同的世界，當然要分開啊！封起來的地道可以讓你過你的生活，我過我的生活，井水不犯河水，對我們兩個，都是好事。」

「你說得很有道理。既然如此，那你為什麼還要來找我呢？」

火球睜著亮晶晶的眼睛問。

「因為，我很想你！」阿力很直接的說出答案。

「嗚！」火球沒有預料會得到這個答案，一時之間，眼眶泛淚。

「其實，我也很想你，所以我才會回到地道去找你。」火球抹去眼淚，開心的說。

「不過，我想你，是因為我很想問你一個問題。」

「什麼問題？」

「噴火龍會吃鼴鼠嗎？」阿力終於把鬱積心中多時的問題說出來了。

「哈哈，這是什麼問題？噴火龍會吃鼴鼠嗎——當然不會啊！」

火球直接的給了答案。

「不吃嗎？可是——我們鼴鼠很好吃啊！」阿力不太了解，在他的世界中，狐狸、獾、山貓等等，都超愛吃鼴鼠的。

「哈哈！」火球笑出來，他反問阿力：「那你會吃螞蟻嗎？」

「當然不會，螞蟻太小了，又沒什麼好吃的。」

「那就對囉。對我們而言，你們就像螞蟻一樣，我們為什麼要費盡心思，吃一隻螞蟻呢？」

「所以，你們也不會用火噴鼴鼠囉？」阿力認真的問。

「當然不會。不過，如果是不小心掃到，那就另當別論了。」火球給了一個明確的答案。

「那——你們也不會到我們的鼴鼠洞去囉？」阿力又問。

「鼴鼠洞在哪裡？」

「地道盡頭的那一邊。」

「那裡像我們這裡這麼大嗎？」

「沒有，小得不能再小。」阿力

環視整個噴火龍洞穴，嘆口氣說。

「既然小得不能再小，我們為什麼要去？」火球也嘆口氣，「這座地下洞穴，只是我們噴火龍的『岩洞訓練場』。我們真正的城堡，是在外面的高山上，那才是真正的大。不過，必須是通過訓練的龍，才能出去。你現在看到的每一隻龍，就是正在接受訓練的噴火龍，包括我在內。」火球

指了指廣場上那十幾隻的噴火龍說。

「原來這裡只是你們的訓練場啊？既然你們的家是在外面的高山城堡上，那我就不用太擔心了。」阿力終於知道，他的擔憂根本是多餘的：在噴火龍眼中，小鼴鼠是這麼樣的小，小到根本看不到。

了解到這一點後，阿力整個放輕鬆了，噴火龍不吃鼴鼠，他也沒什麼好怕的。

突然間，阿力想起一件事。他拿出亮校長送的徽章給火球看，

「你知道噴火龍火爐嗎？這是他送給我們學校校長的徽章。」

「火爐學長嗎？我當然知道。一年前，他通過考試，飛去外面的高山城堡了。」火球大聲說。

「飛出去了……呃，那這個徽章應該也沒什麼用了，還說會好好照顧我呢！」阿力嘀咕著。

「你說什麼？」火球問。

「沒事。」阿力把徽章放進背包收好，接著問：「那你什麼時候可以通過考試，去外面的高山城堡？」

「我想，我根本不可能出去了，因為……因為……我是隻愚笨

的龍啊！」說到這裡，火球又哭了出來。

「別哭，別哭嘛。你的哭聲真是難聽。」阿力忍不住摀起了耳朵。

幸好，火球只哭了兩聲就停止了。

「為什麼你會是隻愚笨的龍呢？我覺得你很可愛，也很聰明啊！」阿力想不透。

「看看我的成績單，你就知道了。」火球遞來一塊薄薄的石片，不過，這石片阿力根本拿不動，火球只好把石片放在地上，阿力站上去看。

1. 火焰亮度：★
2. 火焰長度：★
3. 火焰熱度：★
4. 出火速度：★
5. 瞄準能力：★

「很好啊，每一項都有一顆星啊！」阿力很想給火球一些鼓勵。

「一點都不好，只有一顆星。」

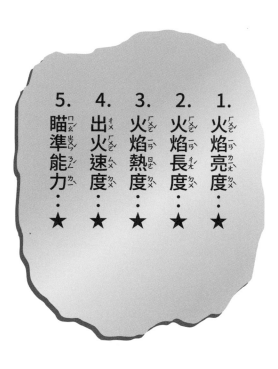

「那麼，最棒的有幾顆星？」

「五顆星！」

「啥——」阿力大驚，「原來你是隻不及格的噴火龍啊！」

完美的噴火訓練計畫

「你笑我！我就知道，我是隻很笨的龍！嗚——嗚——嗚——」

聽到「不及格」三個字，火球的眼淚瞬間又噴湧而出。

「哎喲，這有什麼好哭的！我也是隻不及格的鼴鼠啊！」阿力不耐煩的搖搖頭。

「不及格？」火球止住了淚水，「你也不及格嗎？太好了，你哪些科目不及格？」

「很多啊，像音樂課啦、鑽洞課啦、安全課啦，我統統都不及格。」

「哇，三科不及格——你不難過嗎？」火球問。

「有什麼好難過的？補考時考過就好啦。」阿力開朗的說道。

「你說的倒簡單，就怕補考也無法通過，那就慘了。」火球的

臉色瞬間又黯淡下來。

「你知道嗎？我已經在這個岩洞訓練場三個月了，和我同期進來的噴火龍，都已經出去體驗新生活，只有我還留下來，真是令人難過。」

「這的確很令人難過。」阿力點點頭，「不過，你總有一些比較拿手的事情吧。像我，雖然三科不及格，不過在找食物這方面，我可是全校公認的第一名哪……」

講到拿手的事情，火球怔了怔，突然，他露出神祕的笑容說：

「我不知道這算不算拿手，不過，這是我最喜歡做的事情。來，我

帶你去看看。」

火球把阿力帶到地下岩洞一個偏僻的地方，這裡什麼都沒有，只有一大面岩壁——高聳、平直又巨大的岩壁。火球得意的指著岩壁說：「你看，漂不漂亮？」

「看什麼？」阿力不解的問。

「我畫的畫啊。」

「在哪裡？」

「在這岩壁上啊！」

阿力剛開始只是看到一些奇怪、亂七八糟的線條；但是，慢慢

的，他看懂了：岩壁上的線條組合成了大樹、高山、怪模怪樣的噴火龍，還有一團一團的火焰……難道這些是火球畫的嗎？原來火球是位畫家啊！

「火球，這是你畫的畫嗎？天啊，你是位畫家！」阿力真心的讚美著。

「沒有啦——我只是喜歡畫畫。」火球不好意思的抓抓頭，「你知道我怎麼畫的嗎？我是用灰晶石畫的。在岩壁上畫畫，一定要用灰晶石，只有尖銳的灰晶石，才能畫出深刻的線條。畫好後，再噴火燒一燒，看，是不是呈現出不一樣的線條、顏色和美感？」

「美感？」阿力的美術成績其實也不太好，看不出火球說的美感，但他怕火球傷心，用力點了點頭。

「真的是很有美感，超美的。」阿力下了專家般的評語。

突然間，阿力像清醒似的責問火球：「所以，你空閒時間都在畫畫，沒有認真練習噴火，噴火才會不及格，對不對？」

火球不好意思的點點頭。

「這樣下去是不行的。」阿力又下了評語。

「我也知道這樣不行。」火球瞬間又洩氣了。

「火球，這麼漂亮的畫，只是畫在深深的地洞裡，別人都無法

欣賞到，非常可惜。」阿力沉重的搖搖頭，「你應該到外面去畫，畫在高山的岩壁上、畫在城堡的外牆上，讓大家看到、欣賞到，這才是最棒的事。」

「我也想這麼做。」火球輕輕的呼出一口氣，「但是，考試不通過，我也沒辦法。」

「看樣子，我不幫你是不行的了。」阿力來回踱步沉思。

「你要如何幫我？」

「當然是打造完美的**噴火訓練計畫**啊！」

完美的噴火訓練計畫，得從火球的一天三餐開始——

阿力問火球：「告訴我，你一天三餐吃什麼？」

「哦，我們噴火龍的三餐吃得可豐盛呢：早餐是熱熔岩漿一杯，配黑岩片夾焦黑牛肉乾；午餐是熱熔岩漿一杯，配黑岩片夾焦黑虎肉乾，再加燒紅的榛木棒三根；晚餐是熱熔岩漿一杯、黑岩片夾焦黑豬肉乾，再加上一大盆的木炭辣椒佐燈籠花火焰木沙拉。」

「熱熔岩漿？是火山爆發時，流下來的熱熔岩漿嗎？」阿力歪著頭問。

「是啊，又濃又熱，超好喝的。廣場中間的地下噴井打開就有，

我們每天都要喝三杯才夠。」火球滿足的說。

阿力搖搖頭，又點點頭，「果然是噴火龍，淨吃些奇奇怪怪的東西……幸好我是一隻鼴鼠，鼴鼠的食物比這些好上一百倍啊。」

「我的三餐菜單還行嗎？營養夠嗎？」火球問。

「嗯，非常好。」阿力慎重的點點頭，「營養方面應該是沒問題；不過，你的體力和噴火的準確度還不行，我們要把訓練的重心放在這上面。」

「該怎麼做？」

「就這麼做。來，這是你的新課表，我要盯著你，每天確實執

行。」阿力給了火球一張表，表上寫著：

1. 廣場跑步10圈。
2. 伏地挺身50下。
3. 交互蹲跳30下。
4. 巨石舉重30次。
5. 深吸深吐100次。
6. 噴火瞄準訓練：大石頭。
7. 噴火瞄準訓練：小石頭。
8. 噴火瞄準訓練：飛過的石頭。
9. 火量訓練：大火、中火、小火，控制自如。
10. 噴火、熄火訓練：瞬間噴火再熄火，乾淨俐落，不留餘煙。

「哇，這麼多項，看起來好辛苦啊！」火球一拿到訓練表就哇叫。

「吃得苦中苦，方為龍中龍！」阿力像個老師似的語重心長：「火球，要當一隻出色的噴火龍不容易，得要經過嚴格的訓練和考驗，才能成大器——其實，我們鼴鼠的訓練也是這樣，哦不，我們的訓練比你們更嚴格，但是，我們都挺過來了。

所以，只要你持之以恆，一定可以達成目標的，到時候，你就能隨心所欲的在高山城堡上畫畫。為了畫畫、為了自由，無論如何，撐下去。」

聽完阿力這一番話，火球又哭了，他眼眶泛淚，感動的說：「阿力，你說得對，為了畫畫、為了自由，我一定要撐下去。謝謝你願意陪我，我會努力的。」

「好，訓練馬上開始。」

最佳拍檔

阿力果然是一個盡責的教練，他每天督促火球訓練，從不寬

懈；火球也因為有明確的目標，就算訓練再辛苦，他還是咬牙苦撐。就這樣，一隻鼴鼠和一隻噴火龍，成了最佳的拍檔。

三天過後，火球的體力明顯進步很多；五天過後，火球的出火速度、瞄準能力也大幅提升。如果持續練習，毫不鬆懈，想要拿到四顆星的成績單，易如反掌啊！

「火球，明天就要考試了，緊張嗎？」阿力問。

「還好啦，經過這幾天的訓練，我覺得很有信心。連我的噴火老師也說我開竅了。」火球終於露出久違的笑容。

「哼哼，應該是我這個教練教得好吧。」阿力也露出得意的笑

容，「考試時，千萬不要慌張。記住，用力噴、用心噴、全力以赴，你一定會及格的。」阿力對火球抱持很大的信心。

「好，我會記住的。用力噴、用心噴、全力以赴，就跟我畫畫時一樣。」

「對，就跟你畫畫時一樣。」

考試那天，阿力躲在考場附近、地上一顆石頭的縫裡，想要從旁幫火球加油。

火球一早喝了兩杯的熱岩漿，和加大的黑岩片牛肉堡，全身精

力充沛。

考試時，他的表現好極了。火焰的亮度、長度、熱度一鳴驚人，出火速度快速強大，瞄準能力瞬間就正中紅心，連在場的其他噴火龍同學，也為他鼓掌叫好。

火球拿到最新的成績單了，他把成績單放在地上一看：

1. 火焰亮度：★★★★★
2. 火焰長度：★★★★★
3. 火焰熱度：★★★★★
4. 出火速度：★★★★★
5. 瞄準能力：★★★★★

全部都是五顆星。

太棒了，火球考試及格了！

阿力也看到成績單了，他好開心，跳到火球的頭上，和他一起慶祝。他在火球的頭上跳啊跳的，引起了別隻噴火龍的注意。

火球的同學火影說：「火球，你不要動，你頭上有個怪東西，我來噴死他。」

「不要噴他，他是我的寶貝，不要——」火球大喊。

但來不及了。

阿力一聽到有噴火龍想要噴他，一時情急，就從火球的頭上跳到了火影的頭上，再跳到火神的頭上，再跳到火鍋的頭上……跳、跳、跳、跳、跳——所有噴火龍的頭上都跳了一輪，所有的噴火龍也都看見了這個奇怪的小東西。

他們一半好奇、一半有趣，全部張開大口，想要噴死他——好像這是另一場趣味競賽：誰能噴到小鼴鼠，誰就能拿下冠軍！

十一隻噴火龍全部噴出熊熊烈火，岩洞訓練場瞬間又成為火災的現場，不，是特別可怕的火災現場。

其中，只有一隻噴火龍大叫著：「不要噴、不要噴——」可是，

他微弱的聲音被淹沒在烈焰怒火之中，誰都聽不到。

突然間，一個尖銳高頻的聲音響起。

聲音不大，像一條細細的線，在岩洞的上方飄浮。每隻噴火龍卻像是被控制住一樣，全部停止了噴火——接著，他們摀起了耳朵，開始在地上打滾，不停的呻吟著：

「好難聽的聲音哦！不要吹了！」

「好可怕的聲音哦！不要吹了！」

「好痛苦哦！」

「不要再吹了……」

阿力死命的吹著亮校長給他的哨子，不敢停。

在這驚險危急的一刻，幸好哨子聲救了他，不然，他可能就當場成為火烤鼴鼠乾了。

阿力最後來到火

球面前，停止了吹哨。

火球正摀著耳朵在地上打滾呢。阿力跳到火球的面前，跟他揮揮手，大聲說著：「火球，我會永遠想你，希望在高山城堡看到你的畫。」

火球點點頭，眼眶泛淚。

再見。

再見。

阿力飛快的離開了岩洞的廣場，他爬上岩洞的牆壁，鑽進地道。

出來旅行太多天了，現在，他好想家。

想念他在鼴鼠洞裡的家。

阿力花了兩天的時間，才回到鼴鼠洞第100號教室。

鑽出地道後，他先把三塊石塊重新放進地道口，讓牆壁恢復原狀；再把100號教室裡，亂糟糟的桌子、椅子都擺好。

然後，他來到校長室，找到亮校長；亮校長還在開會呢。

不過，亮校長一聽到是阿力，馬上停止會議，衝出來抱緊他。

「阿力，太好了，你回來了。你超過原定的日期沒回來，我好

擔心啊！」亮校長的語氣很激動。

「對不起，讓校長擔心了。」阿力說。

「這一趟旅行，還好嗎？」

「非常好。校長你看，我身上的毛都燒焦了。」

「你——受傷了嗎？」亮校長對著阿力左看右看。

「只是皮肉之傷，沒事的。校長，你看，我拿到了這個！」阿力高興的拿出一個小東西來。

「這是……」

「這是噴火龍的鱗片！是火球送我的哦。他說，我幫了他一個

大忙，他一定要回贈我一個東西當紀念品。」阿力得意的搖了搖鱗片。

「哇，這個紀念品真是太珍貴了。」亮校長讚許的說著。

「沒錯。火球、鱗片、噴火龍，這是我永遠難忘的美好旅行！」

國家圖書館出版品預行編目（CIP）資料

鼴鼠洞教室 . 3：冒險課：勇闖噴火龍地下岩洞／亞平作；李憶婷繪 . -- 初版 . -- 新北市：字畝文化出版：遠足文化事業股份有限公司發行 , 2023.08
170 面；14.8×21 公分
ISBN 978-626-7365-00-7（平裝）
863.596　　112011998

鼴鼠洞教室 3 冒險課：勇闖噴火龍地下岩洞

作者｜亞　平
繪者｜李憶婷

字畝文化創意有限公司
社長兼總編輯｜馮季眉
主編｜許雅筑
責任編輯｜戴鈺娟
編輯｜陳心方、李培如
美術設計｜張簡至真

出版｜字畝文化／遠足文化事業股份有限公司
發行｜遠足文化事業股份有限公司（讀書共和國出版集團）
地址｜231 新北市新店區民權路108-2號9樓
電話｜(02)2218-1417　傳真｜(02)8667-1065
客服信箱｜service@bookrep.com.tw
網路書店｜www.bookrep.com.tw
團體訂購請洽業務部 (02) 2218-1417 分機1124

法律顧問｜華洋法律事務所　蘇文生律師
印製｜中原造像股份有限公司

2023 年 8 月　初版一刷
定價｜330 元　書號｜XBSY0060　ISBN｜978-626-7365-00-7
EISBN｜9786267365076（PDF）　9786267365038（EPUB）